# 斑鳩の地で

## ―聖徳太子の思い出

伊遠英一

Eiichi Ito



文芸社

# 目次

# 斑鳩の地で

## ――聖徳太子の思い出

蒼穹の輝きの中で捨身せよ

# 第一部　追　憶

肌寒き朝のほの暗い中、男はひとり佇みながら未だ輝きを放つ星達を仰ぎ見ていた。

空は漸く白みつつあり、数条の黒き雲筋に紫の光が帯びていた。夜のうちに降った雪がうっすらと地を覆い、寒さが足を伝わった。男は凛とした姿勢を保ちながら眼を次第に山の頂に落とした。

小姓は慌てながら駆け寄ろうとしたが、黒駒を興奮させるわけにはいかなかった。

「申し訳ありません。もう出仕の御準備をなされておられましたか」

空を愁然と見つめていた男は穏やかに、そして、優しげに少年に微笑した。

「ただ出立の前に星を見ていたのです。ちょうど良いところに来てくれました」

「はっ」

少年はこの貴人が好きだった。いつも優しげに自分のような下賤の者にたいしても柔和に接する。その貴人の柔和さに少年はつい不用意な問を発せさせた。

「どうして摂政様はこのようなところから都に向かわれるのです」

しばらくの沈黙があった。

少年がこのような問を発する事など在っては為らぬ事だった。

少年はそれに気附き、顔を青ざめさせた。

「はっ！　も、申し訳ありません。つまらぬことを……」

しかし、その問は里の者皆が不思議がっていたものであった。少年はその問をうっかり発してしまったのだった。

だが、男はとくに気分を害した様ではなかった。

「さあ、どうしてでしょうね。少なくとも此処に宮を構えなければあなたと会うことはなかったでしょう」

男は答えにも成らぬことを穏やかなものを含ませながら言うのだった。しかし、その表情の奥にはなにか明確な激しい意志を内包しているようでもあった。

男は少年が用意した黒馬にまたがった。

すでに日は遠き峰の頂で黄金色に散乱しながら、昇りつつあった。

男は眩い太陽に向かって馬の歩を進めた。

光が雪に乱反射した。

男はこの光のまぶしさに目を細めながら遠くを仰ぎ見た。

思えばあの日も雪だった……。


「お前は、たとえ我が言を用いたとしても、天皇を弑し奉った。それが罪の一だ！」

鷲鼻の脂ぎった顔をした小男は支離滅裂なことを叫びながら気も狂わんばかりに弓をつがえた。

その弓の先には梅木に逆さにつるされながらも嘲る様な笑みを浮かべている筋骨のたくましき男があった。

小男は遂に狂気の矢を放った。

矢は逆さづりの男の脇腹にずぶりと刺さった。が、つるされた男は一瞬うめき声を上げたのみ、すぐにあの嘲りの笑みを浮かべた。

その笑みに小男はさらに眼を怒らせ次の矢をつがえた。

「お前は恥知らずにも傲慢に振る舞い、我が怒りを考えることなく、なんともたやすくお前自身の手で天皇を弑し奉った。それが罪の二だ！」

矢は足の腿に刺さり血が夥しく噴き出た。

「最後だ！　お前はひそかに天皇の嬪を奸した。それが我が娘であることを知っていたにもかかわらずだ。それが罪の三だ！」

矢は腹に刺さり血が中空に霧散した。

三本もの矢が刺さった儘でありながら男はそれでも笑っていた。

そして、血を流しながら男は呻き叫んだ。

「俺が知っているのは、ただ大臣であるお前のみ知っていただけだ。帝が尊いなどということを俺の知ったことではないわ！　俺は言ってやる。帝とやらを殺したことなどを謝ることなどせぬわ！」

その言葉を聞いた瞬間に小男は顔をしわくちゃにしながら弓をかなぐり捨て抜刀しながら逆さづりの男に近づくとその剣でもって腹を切り裂き、首を打ち落とした。

小男は体に返り血を浴びながらも剣を何度も突き刺し続けた。

痴呆の様に小男はそれに気を傾けながら肉を貫く感触を次第に愉悦しているようであった。

降り積もった白き雪を血は美しく赤に染め上げていた。

馬上の男は想いから醒めた。

悪夢だ……。

いや、この夢のような血みどろの光景はかつて自分の両の眼の前で繰り広げられたものだった。おぞましきあの光景とあの血の匂いの記憶はいつまでも脳裏にちらつき揺れ続けた。

そして、あの男と対面する事を思うだけで苦痛を覚えるのだった。

あの男はいまだにあの愉悦の中にいる。

あの男の今の安心しきったふぬけたような表情にあの愉悦の面影が見えるのだった。

しかし、己自身は果たしてあの記憶にいったいどう見ているのか？

歓びを見出していないといえるのか？

本当に封印したい記憶であるのならば、忘れはて、思い出す事などないのではないか？

それなのに、いつまでも脳裏にちらつきながらこの記憶を反芻し続けている。この記憶を愛おしく思っているのではないか？

なぜなら、己もあの男の血族であるからだ……。

そして、常に己はあの男の血の歩みと共にあったのではなかったか。

あの男は大野丘に仏塔を建てた。

あの男が建てた仏塔は、青天のなか燦然と輝き放っていた。あの圧倒される感覚は抑えようにも抑えられぬ感動ではなかったか。心は激しく動揺し、人智によって生み出されたこの美なるものに言いしれぬ感動をあの男と共有したのではなかったか。果たして、あのとき己もあの男と同様に遠い異国の夢を見たのではなかったか。

しかし、あの仏塔の建築が血みどろの思い出の始まりであった。人が生み出した美そのものが血みどろの記憶の始まりであった。人の理知なるものが生みだしたもの。そのおぞましさの為、人は仏を求め見出したのか。人はその人の理知なる故に仏を信心をもって求めるのか。

美しい思い出は繰り返さぬ。ただ醜い思い出だけは繰り返される。

たしかに、あの仏塔が建てられる以前にも血みどろの悲劇は予感と共に顕在化したものではあった。それは、果たして、いつからだろう？　人が人の識を得たときからではなかったか。

あの強大な意志、激しい精神の前に純粋な理知は余りにも弱々しかった。あの一族の精神の強さの前にどれほどの者達が倒れてきたか。多くの血があの一族の野心の為にどれだけ流されたのか。しかし、この血はあの一族だけの責というわけではないだろう。それに翻弄され続けた者達に果たして責がないと言えるのか。精神の薄弱さのうちに翻弄され続けてきたとは言えないだろうか。


あの一族の歴史は長い。

あの一族は、大足彦忍代別（景行）天皇より六朝に仕えた、あの不気味な怪物の如き男を祖としている。

武内宿禰。

常にこの肇國の枢機に関わりながら、何をしていたのか殆どわからぬながらもひたすら暗躍し続けていることだけは語り伝えられている。

大足彦忍代別天皇の御世。

蝦夷を討つことを帝に進言したのは東国を見聞した武内宿禰であった。その言もあってか帝は日本武尊に征戦の詔を発せられた。

日本武尊は東西の荒ぶる神、そして遵うことを知らぬ人どもを討つべく、征戦へと赴き、漂泊流浪の生涯を送られた。

果たして尊は打ち続く征戦に疲れた故であったのか。

尊は東征に死を予感されておられたのではなかったか。

尊は十六歳という年少の頃から三十歳という年月を経て熊襲、蝦夷を討つ使命をよく果たされたのだった。それはどれほどの苦難の旅であられたであろうか。望郷の想いはいかばかりのものであったであろうか。

そして、帝は漸く懐かしき故郷へと凱旋なさろうとされた。

が……。

尊は帰郷のおり氷雨にあい、病に罹られた。しかし、尊は病に苦しまれながらも、体力を消尽しつつ故郷への歩みをお止めにならなかった。

能褒野での事であった。

「倭は國のまほろば　たたなづく　青垣　山隠れる　倭しうるはし」

「命の　全けむ人は　疊薦《たたみこも》　平群の山の　熊白檮《くまかし》が葉を　髻華《うず》に挿せ　その子」

「愛しけやし　吾家の方よ　雲居起ち來も」

すべてが故郷の國を思い偲ばれ、國をほめ、國の草民の平安を祈り、國を、わが家を懐かしまれた歌であられた。

そして……。

「獨り曠野に臥して誰にも語ること無し」

この悲しくも無惨な言葉を残されて尊は能褒野に死し八尋白智鳥となり天を翔られた。それは激しき望郷の思いが尊を白鳥にかえられたのでなかったか。

當藝野にて尊は呟かれたという。

「吾が心、恒に虚より翔り行かむと念ひつ。然るに今吾が足得歩まず、たぎたぎしくなりぬ」

尊の足は當藝野の地でもう思うように動かなくなられていた。それでも尊は能褒野まで歩み続かれたのだ。しかし、遂に力尽き倒れられたのであった。

后、そして御子達は能褒野の地に赴き、その地に陵を造られ、臥して嘆き悲しまれた。

そのときの事であった。尊のその心は、魂は、白鳥となり天へと翔られたのだった。

白鳥は濱へと向かって翔られた。

后そして御子らは白鳥を仰ぎ見ながら追われた。

小竹の切り株に、足を切られ血を流されてもそれに構うことなく、その痛さを忘れて哭きながら白鳥を追いかけられた。海に入り、歩きにくい磯をつたいそれでもなお追いかけ、そして、遙か白鳥が天を飛び去っていくさまをいつまでもながめておられたのであった。

この日本武尊の無間漂泊の彷徨は果たして肇國を何処に導くものであったろうか。

そして、何故、尊は白鳥となられ肇國を離れ天へ翔られたのであろうか。

これから後、本当の人の世が始まった……。

次帝の成務天皇には男児があられなかった。

故に、日本武尊の息であられた足仲彦皇子が次の天皇となられた。

帝は父日本武尊を偲び白鳥を愛された。

果たして帝は白鳥を陵の域《めぐり》の池に飼おうと為され、父日本武尊を思い偲び自らの心を慰められようとされたのだった。

帝は諸国に白鳥を奉る事を命じられた。

「冀はくは白鳥を獲て、陵の域《めぐり》の池に養《か》はん――。則ち諸國《くにぐに》に令《のごり》て白鳥を貢《たてまつ》らしむ」

ところが越の人が白鳥を四羽、帝に奉ろうとしたところ、帝の異母弟であられた蘆《あし》髪蒲《わけのかま》見《み》別王《わけのみこ》によって奪われてしまった。しかも、ほとんど理由にもならぬことによってのその暴挙が行われたという。

「白鳥と雖も、焼かば則ち黑鳥に為らん」

果たして本当に王はそのようなことを為されたのであろうか？　第一理由がわからぬ。時の人々は王の行為を口々に非難した事を伝えているが果たしてそれは真実のものであったのか。

このとき、武内宿禰が何をしていたのかわからぬ。

当然のこと帝はお怒りになり、王を誅せられた。

そして……。

帝は弟君を誅された後、唐突にもあまりにも不審な死を遂げられた。

何故、帝は死に見舞われたのか？

皇后気長足姫尊《おきながたらしひめのみこと》に託された神託に随われなかったからだという。

それは余りにも支離滅裂な神託であった。

西蕃諸国への夢であった。

それはあまりにも生々しい神の啓示であった。

眼に眩い金銀の寶が海の彼方の國にあるというものだった。

「西の方に國あり。金銀《くがねしろがね》を本《はじめ》として、目の炎耀《かがや》く種種《くさぐさ》の珍しき寶、多にその國にあり。吾今その國を歸《よ》せたまはむ」

皇后は武内宿禰の祭場の沙庭にて今来の神を歸せたまいてこのように詔り賜れた。帝が熊襲を討つ祈願の為の御琴を弾いておられるときの事だった。

帝はその言をお信じにならなかった。

帝は古き神々を御信じになり、今来の神を疑いになられたのだ。

「高き地に登りて西の方を見れば、國土は見えず。ただ大海のみあり」

帝はかくのりたまいて、偽りを言う神と断じ、御琴を弾くのをやめられただ黙座せられた。

武内宿禰は帝に御琴を弾くように勧めたが、幾ばくもたたぬうちに琴の音は途絶えてしまった。

果たして帝は突然と崩御されたのであった。

筑紫の香椎宮にてのことであった。

神託の神を信じず寶の國を求めなかった故にという。

帝の死は隠され天下に知らされなかっただけでなく、帝の為の葬儀はこの年行われる事はなかった。

新羅の役がこの年に起こったのであった。

皇后は武内宿禰を臣として大陸への夢を追われた……。

それは果たして福をこの肇國に招き寄せたものであったのか。たしかに金銀の寶は肇國にもたらされた。西蕃の国々との交易はさまざまな福と理知をもたらした。

しかし、寶とは？

福と共により大きな禍をもたらしたのではなかったか。

しかし、それは運命とでも言うべきものであろう。その運命に対し如何に生きるかはその時々を生きた者達に委ねられるのであろう。

それにしても、この一族は皇子殺しが運命づけられているのであろうか。

武内宿禰は筑紫にてお生まれになったばかりの皇子を推戴して二人の皇子を弑した。

神功皇后の御世、確かに、武内宿禰は新羅を征して従わせ、そのうえ百済からも、その財をもたらし肇國を潤わせた。それを否定する事など出来るものではない。そして、純一なる清浄を求めてもそれは滅びやすさへと導かれるものであろう。この激しい西蕃諸国との交わりが強さをもたらすという事は確かなことだ。

この男は確かに禍福を肇國にもたらした。

そして招き来たる禍福の中に生じた在る非情な精神をただ純粋に純粋なるがゆえに純粋に受け止められた方があった。

菟道稚郎子皇子であられる。

肇國は混乱の刻であった。

応神天皇の皇子達であられる、大山守命、大鷦鷯尊、菟道稚郎子皇子らは悲しいかな御兄弟で相争い、終には菟道稚郎子皇子の御自害という悲劇に見舞われたのであった。

応神天皇は、大山守命は山海の政を、大鷦鷯尊は食國《おすくに》の政を、菟道稚郎子は天皇の位に即位するように定められた。

しかし、帝が崩御された後、大山守命は天下を望まれた。大山守命は菟道稚郎子を「殺さむ」と欲し兵を挙げられたという。しかし、その挙を菟道稚郎子に知らせたのはどういうわけか大鷦鷯尊であられた。

大鷦鷯尊にはあの武内宿禰がいた。

ともかく大鷦鷯尊が密かに告げられたことによって菟道稚郎子は兵を備えられたのだった。菟道稚郎子は大山守命が宇治川を渡って攻められると聞き河辺に兵を隠し、側近の者を影に使い、自らは粗衣を着け、船頭に変された。そして、やってこられた大山守命を舟に乗せ、楫を取り、宇治川を渡り、その河中に至ったところで、舟を傾けて兄君を落とされた。大山守命は河を流されながら川岸に流れ着こうとなされたが、伏兵に阻まれ、岸に着く事が出来ず遂に水の中にて息を絶えられたのであった。

このとき兄君の屍を前にして菟道稚郎子が詠まれた歌は悲しい。

「靈速人　宇治の濟に　渡頭に　植てる　梓弓眞弓　射切らむと　心は思へど

射捕らんと　心は思へど　本邊は　父尊を思ひ出　末邊は　妹を思ひ出　苛歎く

其處に思ひ　悲しけく　此處に思ひ　射切らずぞ歸來　梓弓眞弓」

皇子にあられては大山守命が死して後の御家族のことを思われたのだった。心は痛み、心を苦しめ、ただ悲痛を思うほかなく、乱れ乱れた心は兄君を射殺す事も出来ず躊躇いのまま帰られたという。これほどまで悲しい歌を歌われた方はかつて無かった。

兄君の屍を前にして思い出されるのはただただ美しい思い出であられた。しかし、何故このような始末になってしまったのか。

やがて、大鷦鷯尊と菟道稚郎子は共に帝の位をお譲りあいになる事を三年続けられたすえ、遂に、菟道稚郎子皇子が御自分の命を自ら絶たれ、そこにこの難渋な問題の解決の道を求められたのであった。

菟道稚郎子皇子は聡明なお方であった。

西蕃の國の優れた学者を師とし諸々の典籍を学ばれた。

百済より来た阿直岐がその最初の学問の師であった。やがて王仁が来て、彼につきよく学ばれた。王仁は論語を菟道稚郎子に講じた。おそらく皇子はそれを窮極にまでその心を高め根本的な何かを摑まれようとなされたのではなかったか。人の世への識は深まり、人の世を善と悪とに従って惑われたのではなかったか。浄、不浄なる観とは違う新たな識の世界、それはその摂取によって唐突に顕れたものではなく確かに内に在していたものであったが、書に触れ学ぶ過程において心魂と理知とが激しき衝突が起こったのではなかったか。やがてその衝突は飛躍しある一つの解へと昇華していったのではなかったか。それは激しい誤解であったかもしれぬ。しかし、こうした誤解を重ねながら人の世は動き、その誤解によって起こる悲しき思い出が故に今に至るまで語り継がれてきたのではないか。

そして起こった激しき念い故の死。果たしてこのような死を求められたのはこの肇國において初まりの方ではなかったか。

それは一つの悲痛なまでの苦しき決断そのものではなかったか。

肇國にもたらされた理知の光はそれを窮極にまで推し進める事によって理知を離れる。神ながらの道は大陸より渡り来たる文によってどれほど傷つけられ、そして鍛えられたかしれぬ。

直き心と理知との相剋はこの御世から始まった。

菟道稚郎子皇子こそ初めて肇國を自覚された方でもあられたのだ。氏族達がただいたずらに追従し続けた西蕃の國。その國からの無礼なる上表文を破り捨てられたのはこの皇子であられた。

「高麗王教日本国」

如何なる自覚がこの皇子に芽生えられたのか。この上表文に怒りを以て接された皇子。御自身は海の彼方より渡り来たる文物を深く摂取されながら、その上で、猶、ある一つの自覚をお持ちになられたのだ。

多くのものが西蕃の諸国よりいれられた。それは確かだ。

そして、あの東漢直一族の祖もこのときに入ったのであった。

冷たい風が過ぎ去った。

馬上の男はやや混乱した思考を止め青き空を仰ぎみた。

空はいよいよ青く澄み渡っていた。

寒気は身を引き締まらせたが、それでもなお男の思惟は迷妄から抜け出す事をさまたげた。どれほどの思惟をこれまで重ねたであろうか。

幾度となない馬上での往復があった。

男は馬上に揺れながら、この思惟と煩悶は永遠に続くものであろうかと心にたち顕れては消え、消えながら湧き起こるこの思惟の連環は途絶えることなくひたすら責め立てることに胸を苦しめた。

そして、男は自らの過去をもう一度、夢想した。


この青き空……。たしかにこの蒼空にあの仏塔はあった。

我はいたずらにあの一族の禍を見ようとしているだけであろうか。人の禍をいたずらに見る事は我が精神の薄弱さを示すものであろうか。我はあの一族を憎みながら、この自らに流れる血にも懐疑を抱いているのであろうか。遠き過去の醜い思い出を今に重ね合わせるなどということは己の精神の薄弱さを顕しているのではないか。

あの塔の建築は大陸からこの肇國に流入した多くの者達によって為された。その中に瘂痕面した者達もいた。醜き者達はその理知によって激しい動揺をもたらす美を生み出した。誰もこの美にどう対処すればいいのかわからなかった。ただあの男の一族だけはあの感動が力であることを動揺なしにはっきりと認めたのではなかったか。美は力だとして。感動を怖れぬ、そしてそれを乗り越える事を容易に行う。

そして、あの塔が建った。

しかし、塔が燦然と輝く頃にあの悪夢のような悲劇は始まった。

疫病が肇國を襲ったのだった。

どれだけ多くの者達があのとき、目の前で病に倒れ、醜い瘡を後に残しながら死んでいったであろうか。焼けるように熱く、打ち砕かれるよりも苦しいと言いながら、どれほどの者達が死んでいったであろうか。

そしてあの男も仏塔が建って程なくしてこの病に罹ったのだった。

この禍は肇國に激しい動揺をもたらした。この病に為す術もなくただ禍が過ぎ去るのを堪え忍ぶことが出来なかったのだ。

心が揺れ禍を恐れた者達はあの仏塔を倒し、仏の像を焼いた。焼け残った仏像は集めて難波の堀江に捨てた。

憎むべきは荒れ狂う疫病であった。しかし、人はその憎悪の対象を具体的対象となる人に向けるのであろうか。

人はお互いをお互いに呪いあった。

神の祟りを畏れた者達は仏に帰依した尼達の法衣を奪い鞭を打った。このときあの男は司馬達等の娘である幼い尼を抵抗もせず引き渡し、ただ激しくむせび泣いてみせた。

神祇祭祀を司っていた中臣、そして、物部は確かに肇國を思っていたのであろう。とくに中臣は帝の宰《ミコトモチ》としての自負もあったろう。そして、物部は大和の魂を扱い、帝にその大和の魂を著け奉るという役割を担っていた。

しかし、そこに恐れはあっても強き精神があったか。ただ恐れ拒否してみせる事で、禍を免れようとしただけではなかったか。守屋にしてもどれほどの強さを以て仏を排そうとしたのか。神祇の祟りを信じ、仏の祟りを信じる。その二つながらの信仰には果たしてどれほどの違いがあったか。時代の運命的な混乱に対し人はただただ不安に駆られ何かにすがろうとするほかないのだろうか。

やがて、守屋だけでなく帝もこの病に罹られたのだった。

この國に帰化した者達はそれを仏を焼いた罪だと言った。

再びあの男は仏を祀る事を許された。

ああ、思えば敏達天皇の先帝であられる欽明天皇の御世もまたこの混乱を経験されていたのだ。

そして、仏はこの御世に肇國に渡られた。

百済の聖明王は西部《せいほう》姫《き》氏《し》達率《たつそつ》怒《ぬ》唎《り》斯《し》致《ち》契《けい》を遣わして、仏を帝に伝えた。

「是の法は、諸法の中に於いて、最も殊勝れて為す。解り難く入り難し。周公、孔子も尚知ること能はず。此の法は、能く量無く辺無き福徳果報を生して、乃至、無上菩提を成し辨ふ。譬へば人の意に随う宝を懐きて、用いるべき所に逐ひて、尽く情の依なるが如し。此の妙法の宝も亦復然なり、祈め願ふこと、情の依に乏しき所無し。且つ夫れ遠きは天竺より爰に三韓に泊ぶ、数の依に奉け持ち、尊び敬はざるは無し。是に由りて百済の王、臣明、謹みて陪臣怒唎斯致契を遣して、帝国に伝え奉り、畿内に流通はすること、仏の所説、我が法は東に流へむといふことを果すなり」

これは仏の方便だ。しかし、この方便の力を以てせねば信にいたる事が出来ぬのも人だ。この方便を方便として斥ける事はたやすいが拠り所を求めるのも凡夫の為すところだ。いたずらに仏の功徳を言い立てたこの言葉に帝は喜ばれたのであった。

このとき、同時に釈迦仏の金銅像が贈られた。

帝は仏像の美しさに激しく動揺された。

「西蕃《にしのくに》の献れる仏の相貌端厳《みかほきらきら》し、もはら未だかつて有らず。礼《ゐやま》ふ可きか以不《いな》や」

美は魔性を伴う。

仏の美は帝にとっても信以上に問題であられた。

帝は群臣に問われたが、やはり百済との繋がりの強いあの一族は仏の美の力を素直に受け入れようとした。

「西蕃の諸国、一に皆之を礼ふ。豊秋日本、豈に独り背かむや」

このときの蘇我一族の長稲目はそう言ったのであった。しかし、西蕃諸国が敬うから肇國も敬うべきだとはあまりにもその信仰にとって薄弱な根拠ではないか。

神祇祭祀を司っていた中臣連鎌子、そして、物部大連尾輿は確かに肇國を思っていたのであろう。

「我が国家、天の下に王とましますは、恒に天地社稷の百八十神を以て、春夏秋冬に祭拝むことを事と為す。方に今、改めて蕃神を拝むこと、恐らくは国神の怒を致したまはむことを」

二人はこの今来の神を畏れたのだ。

しかし、怖れ憎むだけでは済まない事態が既に起きつつあったのだ。ここでこの新たな理知を拒否する事は停滞を肇國にもたらしたであろう。そして、如何に時代に対処するかはいつの世も煩悶の種だ。

帝は稲目に仏を祀る事を許された。

果たして肇國は疫病に溢れかえり、民草は次々と死んでいった。その悪夢は長きにわたり、このときもまた、だれも為す術を知らなかった。

物部大連尾輿、中臣連鎌子は共に疫病をこの今来の神のためだと憎んだ。仏像を難波の堀江に流して捨て、寺にも火をつけ焼き尽くしたのだった。

するとどういうことであろうか宮の大殿に火が起きた……。

この故かそれとも、仏の美に魅せられた故か。

おそらくは美への目覚めの為であられただろう。

帝は海中で光り輝く樟木を以て仏像を二体造らせられた。


この欽明の世はまさに三韓との果てしなき関わりの中にあった。

百済と共に新羅と戦い、そのなかで百済の聖明王は死し、任那を失い、新羅との戦では敗れた。しかし、高麗との戦いでは大伴連狭手彦が百済の計を用いて高麗を撃破したという。しかし、その戦で得た品々の多くは稲目へと送ったのだった。

甲《よろひ》二領、金銹《こがねづくり》の刀二口、銅の鏤《ちりばめ》せる鐘三口、五色の幡二竿、美女媛《をむなひめ》並びに其の従者吾田子。これだけのものを稲目に送りながら、帝にはただ七織の帳のみであった。

それはいい。

それがあの一族の力であり、その力に従って肇國は守られていたというのも確かであろう。

それにしても、稲目の仏への信仰とは果たしてどのようなものであったろうか。

百済の聖明王戦死後のことであった。

その王子恵《クエイ》が来朝して自国復興の策を乞うたとき、蘇我稲目が恵に告げた。

「昔在《むかし》、天皇大泊瀬の世に、汝の国、高麗の為に迫られて、危うきこと累卵よりも甚だし。是に於て天皇、神祇伯《かむつかさのかみ》に命して、敬ひて策を神祇に受けたまふ。祝者《はふり》、廼《すなは》ち神語《かむこと》に託《つ》けて報《まう》して曰く、邦を建てし神を請ひて往きて救はしめたまふ。所以《かれ》社稷《くにいへ》安《やす》寧《らか》なりき。夫《か》の邦を建つる神を原《たづ》ぬれば、天地剖《ひら》け判《わか》れし代、草木言語《ものがたり》せし時に、天降り来まして、国家を造り立てし神なり。頃《このごろ》聞く、汝《いまし》が國すてて祀らずと、方《い》今《ま》、前の過りを悛め悔いて、神の宮を修理め、神の霊を祭り奉らば、国昌盛えぬべし。汝、当に忘るること莫れ。」

稲目がこの言を為したのは、稲目が帝より仏を祀る事を許されてより三年後のことであった。稲目はこのとき百済の王子に向かって肇國の祖々先々の神々にたいする敬いを失している事を難じたのであった。この一族にとっても肇國の神々は未だ力ある神々であったのか。勿論、仏を敬うからといって肇國伝来の神祇祭祀をうち捨てる理由など稲目にもなかったのであろう。

土地の神を征服し肇國の神に従属させる。それが肇國における支配のあり方であった。土地の神を滅ぼしはしない。

そして、仏は外より訪れた今来の神であった。福と共に禍をもたらす神であった。招き入れるのであればその禍を抑え、出来るだけ福に転じねばならぬ。それは仏を神とする誤解であったのかもしれぬ。

草木が未だもの語りした天地のはじめより伝わる神ながらの道と仏の道との混淆。仏を敬い、肇國の神祇祭祀をも敬う。

これはあの一族の問題ではないのであろう。

この肇國に住まう者達の柔弱さであり、たおやかと言うべき大和心なのであろうか……。


飛鳥川を沿い往きながら馬に揺れつつ男は甘樫の丘を遠くに見た。甘樫の丘は蒼穹の中で緑に輝きはなっていた。

川の瀬音を聞くにまかせながら、やがて、路傍の岩肌に残る斑雪《はだれ》が目にとまった。

やがてこの雪も融ける……。

稲目が仏を招き入れた欽明帝の御代、疫病という禍が訪れ多くの者が苦しんだように先々代の敏達帝の御代もまた疫病の禍は訪れ、その禍ゆえに混沌をもたらし狂騒をもたらした。

敏達帝は病により崩御されたときのことであった。

このときの誄《しのびごと》をのべあったあの男と守屋の振る舞いは幼稚を極めたものだった。

守屋はあの男が身体に似合わぬ大きな太刀を帯びながら誄を述べる様を見て嘲笑った。

「まるで獣を射る矢で射られた小さき雀のようだ」

すると、あの男は守屋が手足をわななき振るわせながら誄を読む様を見て笑った。

「鈴を着けたらよくなって面白いであろう」

その後を我が父が継いだ。

我はまだ十を二つこえたばかりの頃であった。

しかし、父帝の命もまた儚きものだった。

父帝の病の前で繰り広げられたあの騒乱は幼き日の記憶を悪夢へとかえた……。

何の為にが根本のところで欠けていた戦いであった。いや、おそらくは戦いとはそのようなものかもしれぬ。確かにそれは一人の皇子の愛欲によって始まったと言えるであろう。しかし、愛欲がひとり心を乱すだけでなく、民草の平安まで乱すのは己の血の、あの男の一族の血だけでなく、また別種の血が為さしめることなのか。

愛欲に取り憑かれた皇子、穴穂部皇子は敏達帝の死後、その妃、今上帝であられる炊屋姫を求められた。


事は皇子が三輪君逆《みわのきみさかう》が先帝の殯宮を守るのを不服とされたところから始まった。先帝の御霊に仕えて服喪中の炊屋姫皇后の殯宮に皇子は押し入ろうとされたのだった。逆は兵を以て宮門を固く閉ざし、皇子の七度にわたる呼びかけ、脅迫にも応じなかった。

はじめあの男は傅き父帝の命を前に穴穂部皇子を推した。

あの守屋、勝海もそれに手を貸した。この結託はいったい何を意味していたのか。所詮、仏への信仰と神祇への信仰はお互いにとって窮迫した問題ではなかったという事か。しかも、三輪君逆は敏達帝のおわしますとき、物部、中臣と共にあの男を糾したのではなかったか。

それはあの男の思惑であったのか。

皇子の激しき恋情は先帝の寵臣逆を滅ぼさずにはおられなかった。皇子は守屋と共に兵を率い磐余の池辺を包囲された。逆は逃れ自らの本拠である三諸の岳に隠れたのち、その日の夜に海石榴市《つばきいち》の炊屋姫皇后の別宮に隠れた。

しかし、逆の隠れ場所は三輪一族の者によって明かされた。

皇子は守屋に命じられた。

「行って、逆とその二子を滅ぼせ」と。

そのとき、あの男は皇子に近づきながら忠臣面をして諫めるのだった。

「皇子様は若くてらっしゃる。皇子様の恋情はわかりますが、皇子様がお思いになる姫は先帝の皇后で在らせられます。無理をお言いなさるな。今、あの者を伐てばその振る舞いは大乱を呼び起こします。しかもあの者は先帝そして皇后の寵臣であります。どうか謹まれてください」

あの男は白々しい言葉を堂々と言う。

あの男は皇子を諫めたが、その一方で政敵を滅ぼす為に唆したのではなかったか。唆し、その一方で諫めてみせる。

果たして、守屋は逆を伐った。

「なんということを！　血が乱を招くことを知らぬ事も理解せぬとは！　血は恨みを生み恨みは乱をもたらす事もわからぬとは、何という愚かな老人であろう。今このような内乱をおかしていったいどうするというのか」

あの男は群臣達の間では憔悴してみせた。

しかし、あのときあの男は不敵に笑っていなかったか。

「我が覇道はじまれり」と。

しかし、それを責めるわけにもいかないであろう。やはり守屋のあの行動は軽率のそしりを免れぬものであったし、炊屋姫皇后がこの振る舞いを以て守屋に憾みにもたれた事も事実であった。しかも、このときの中臣勝海の行動はあまりにも一貫性を欠いていた。

はじめ勝海は守屋と共に穴穂部皇子を推戴したが、そのとき、彦人皇子の像と竹田皇子の像を造って呪詛したのであった。共に先帝の直系の皇子であられ、竹田皇子は炊屋姫皇后の息であられた。しかし、事が成り難いと知ると今度は彦人皇子の水派宮《みまたのみや》に帰り着いたのだった。呪詛したかと思えば服従し、果たしていかなる動揺があったのであろうか。

この男は肇國の神祇祭祀を与る者としてあの一族の血を、我が血を含み、憎んでいたというのか。しかし、それなら彦人皇子を呪詛するに能わぬし、第一、穴穂部皇子をたてるという事すら矛盾している。穴穂部皇子はわが母の兄であり、一族の血を引く皇子であられた。おそらくは守屋に対する状勢が悪くなったのを見て急遽、彦人皇子に乗り換えたというのが事情であったか。

しかし、やはりこの状勢の中で右顧左眄するような薄弱さは、強く揺るぎなき精神を持ったあの男に滅せられる運命にあったのだった。勝海は彦人皇子の水派宮から退出するところを待ち伏せられ迹見赤檮《とみのいちい》に刺し殺された。迹見赤檮はあの男の手の者であった。

守屋は怖れたのであろう。

「群臣達が我を謀ろうとしている。故に退く」

と言い訳がましい事を言って阿都の別宅に退いた。

あの男はぬかりなかった。やがて土師八島を大伴毗羅夫に遣わせ守屋の状勢を伝え相談した。毗羅夫は弓箭皮楯をとり、槻曲のあの男を昼夜離れず護衛した。

大伴家とあの一族との関係は稲目の頃を通して続いていた。


何という混乱……。

端は穴穂部皇子の炊屋姫皇后への愛にあった。

しかし、やがてそれが炊屋姫皇后から憎しみを受ける事になるとはどういう次第であったのか。

勿論、皇子には野心もあられたであろう。

それが群卿達の野心と縺れ縺れ合って解き難い始末へとなっていく。そして、それがさらなる惨劇をもたらす事はあのときの幼き魂の内には量る事が出来なかった。


この年の夏、父帝は崩御された。

父帝は仏法への帰依を望まれた。それは余りにも純粋な病への苦しみ故のものであった。

そして、我はあのとき初めて神祇を敬う、いや敬ってみせることによって己が立場を確保しようとしたあの者達に憎しみを覚えたのかもしれぬ。父帝が三宝への帰依を求められたとき、守屋達は激しく反した。我は父帝の平癒を望まぬのかと怒りに震えた。

しかし、あの男は父帝の詔勅を奉戴した。

そして、父帝が病の中、父帝の為に泣いてくれたのは西の国の者だったのだ。司馬達等の子、鞍作鳥の父、鞍部多須奈だ。父帝も共に泣かれた。彼は父帝の為に仏を祀り、仏の舎を建てた。そして、やはりいまでも、我が最も信頼しているのはこの西の国より来たる者達だ。

父帝は、我と炊屋姫皇后を臨終の間に呼ばれて造仏・造寺の発願をなされて逝かれたのであった。

しかし、父帝が崩御されてからの惨劇を思えば、その早世は幾ばくかの慰藉となりうるのだろうか。

遂に二人の皇子と帝が弑されたのだった。

二人の皇子殺し……。

そして、帝すらも……。

あの醜き歴史が我が世に再び眼前に現れるとは……。

その時、西蕃の国の者達が暗躍した記憶は生々しいものであった。

同族同士の血みどろの戦いであった。

あのときの動向を見ればあの者達に一貫したものなどなかったのだという事は明瞭としている。

そして、しかし、一貫したものを持っていたのはやはりあの男だった。


父帝の崩御後、守屋は穴穂部皇子を擁立し、自らの権勢を誇らんとした。

しかし、あの男の行動は熾烈であった。その決断は疾風の如く、その実行に躊躇いはなく残虐を畏れなかった。炊屋姫皇后の詔を奉じ、夜半のうちに、佐伯連丹経手、土師連磐村、的臣真嚙を派して穴穂部皇子の宮を包囲して討ち滅ぼしたのであった。皇子は勇敢にも楼に登られ、迫る兵を弓で射られた。しかし、佐伯連丹経手らの兵に肩を射られ楼から落ちられた。皇子はお逃げになったが、兵士らは夜陰の中、煌めく篝火をもって探し出し、皇子は遂に弑せられた。

そして、その翌日には宅部皇子をもまた……。

お二人は仲が良くあられた。

それは唐突な出来事だった。何故にお二人が死せねばならなかったのかそのとき十四の年であった我には即座に理解しがたかった。穴穂部皇子は優しい方であられた。父帝が病の淵で仏に帰依なさろうとなされたとき、守屋は睨み怒ったにもかかわらず、進んで豊國法師を宮中に招き入れられた方であった。あのときにおいて穴穂部皇子と守屋とが如何なる関係であったのか深く知るところではなかったわけではない。しかし、未だその関係を知らないでいる振りをする歪な純粋さの中にいたのかもしれぬ。あの皇子達の死によって、果たして我は何を思ったであろうか。直接的な死の原因であるあの男よりも、その遠因とでも言うべき守屋を素直に憎んだのではなかったか。

確かにこの混乱は穴穂部皇子の愛欲によって始まった。しかし、それを唆し扇情していった者達がいなかったわけではないはずだ。我にはまだそのとき、大きな、そして、激しくも強き精神の存在に気附いていなかった。ただ、茫漠と混乱の中を彷徨いながら、この動揺を抑えるものを欲したのだ。
何によってこの動揺はおさまるのであろうか？
それが憎しみであったのか……。

この混乱のさなか我より一つ年上の善信尼は泣いていた。そして、受戒の為に百済に渡りたいとおっしゃった。このおりはついぞ渡られる事はなかったが、仏に仕えながら、その庇護者であるあの男の振る舞いに激しく動揺されたのだろうか。透き通るような眼差しの善信の眼が涙で曇ったのを我は悲しく思った。わが父の為に出家したその兄の多須奈は幼き妹をただただなぐさめるほかなかった。

あれは暑い夏のことであったはずだった。
しかし、記憶を辿ると冷たいものが心の臓を通り過ぎる。
父の死、二皇子の死。
そして……。

あの男は我ら皇子達と群臣に勧めて、守屋を滅ぼさんと謀った。

我が軍は泊瀬川沿いに進撃し、守屋の宅のある渋川に至った。

守屋の軍は稲を積んだ砦を築きよく戦った。

守屋は榎木の股にまたがって矢を雨のように降らせ三度にわたって我らが軍を退けた。そのときの守屋の軍は勢いがあり、溢れんばかりの気が漲っていた。

それに引き換え、我が軍は烏合とでも言うべくまとまりに欠けていた。

我はこの肇國で初めて仏に戦の勝利を祈願したのであった。

白膠木を切り取り、四天王の像を造り、束髪の上にのせて誓った。

「もし、我に敵より勝利をもたらしえたなら、必ずや、護世四王のために寺塔を建てる事を誓いまする」

あの男もそれに倣った。

「諸天王、大神王達よ、我に助力し、加護し、勝利に導いてくださったなら、諸天王、大神王のために寺塔を建てて三宝を広めよう」

この戦いは当然の事ながら負けられぬ戦であった。

そして、あのときは純粋に悪の存在を信じ、それを憎んだのであった。この混乱を引き起こしたのはあの守屋であると。それを信じて疑わなかった。あの幼き心のうちには善と悪とが明瞭としていた。穴穂部皇子を唆し、父の発願を邪魔し、炊屋姫皇后がお恨みになり、その瞳を涙で濡らした悪の権化である物部守屋。この男のせいで、敏達帝、そして、炊屋姫皇后の寵臣三輪君逆の死による混乱は始まり、いまという事態に至ったのだと。

守屋はかわらず、樟木の股に立ち、矢を雨のように降らした。

奮戦で埃たつ両軍の間に我は進み出て木の上の守屋を睨んだ。

あの男が！

あの男がすべての元凶、あの男さえ倒せば！

殺気を込めた眼は守屋を我に振り向かせた。

守屋は我に気附いた。そして、一瞬躊躇ったようにも見えた。しかし、守屋は決意したのか矢をつがえ我を狙った。

守屋のつがえた矢の先と我の視線は一直線となり、我は矢の奥の守屋の目を真っ直ぐと睨み続けた。しかし、守屋は我が目を見つつも我の頭の四天王像に狙いを定めているかのようだった。

そのとき、中臣勝海を水派宮で待ち伏せ殺した、あの迹見赤檮《とみのいちい》の矢が守屋に向かって放たれた。矢は我が耳をかすめ風をならして飛んでいった。
矢は守屋の胸を射抜いた。
そのとき、我と守屋の間で刻が止まり音は消えた。
あのとき、果たして守屋の眼に我は何を見たのか。
いまでもあの刻が永遠に切り取られたように眼前に浮かぶ。
何故か？
それは守屋のあの眼差しがこれから続く永遠の地獄を予感させたためか。
守屋は自分に刺さった矢を確かめ見るとゆっくりと地に落ちていった。
我は茫然とその落ち行く様を見つめた。
周囲の兵達はけたたましい鬨の声を上げた。
しかし、我が耳には静かなざわめきが起きただけだった。
我が軍は我を残し一斉に砦へと土埃を上げながら突撃していった。
狂騒と狂乱の雄叫びが静かに心に響いた。

その夜、天に輝く星の川と共に、地の河辺では夥しい屍が放つ血の匂いの中で蛍が儚げに妖しく輝き舞っていた。

それから……。

あれは雷鳴が轟き、大雨の降りしきった頃の事であったという。

捕鳥部万とその白犬の物語に、ただ、激しく打ち震え、心は乱れた。

捕鳥部万は守屋の近侍であった。百人の兵を以て難波の守屋宅を守ったが、主の滅んだのを聞き夜半に紛れ山に隠れた。屈強な男であったという。朝廷から派された数百の兵を前に憶することなく、一人で戦った。

万は竹藪の中に潜み兵を迎え撃つため竹を縄で繋いだ。万が縄を引けば竹が鳴り、竹が鳴った先に兵が近づくやいなや矢を放ったのであった。あたらぬ矢はなかった。しかし、矢も尽き、じりじりと包囲は狭まり万は竹藪を抜け川を渡り山に向かって逃げた。兵達は逃げる万に矢を放ったが万は巧みにかわしなかなかあてる事が出来なかった。が、とうとうある一人の兵が放った矢が万の膝を射抜いた。万は自分の足に刺さった矢を抜くと、その矢で、自分の膝を射抜いた兵を射返した。万はそこで遂に地に伏した。膝からは血が止め処なくあふれ出た。しかし、その血の匂いに酔いながらも万は自らの正しさを叫んだ。

「我は天皇の楯として働き、我が勇を示そうとしただけだ。しかし、遂に我が誠心は天に届かず、このような窮地の中にいる。我と共に語りうるものは来い、我を殺すか捕らえるか聞いてやる！」

雄叫びが山野に川に静かにこだました。

川の瀬音にまぎれ千鳥がしばしば鳴き、風は吹き、小竹の葉が清にさざめいた。

そのさざめきに、兵達は鬨の声を上げ、弓を番え、そして放った。

矢は万に向かって雨のように降り注いでいった。

万はその矢を剣で払い防ぎ、その防ぎ落とした矢で三十余人を射抜いたという。

しかし、万の意識は膝より流れ出る血の為に次第に混濁してきたのであろうか。遂に万は消えかかる命の前に己の愛弓、愛剣を切り砕き、押し曲げ河中に捨てた。そして、最後に自ずから小刀で頸を刺し貫き果てたのだった。

朝廷の決は、万の屍を八つ切りにして、八つの國に串刺しして曝す、となった。河内国司は命令に従い万を切り串刺しにしようとした。しかし、その時、雷鳴が轟き、大雨が降った。国司どもは雷と雨を避けその場を一時逃れた。

すると、万の屍に向かって一匹の白犬が雨に濡れながらとぼとぼと歩み寄ってきたのであった。万の飼っていた犬であった。犬は屍の周りをぐるぐる彷徨い、遂に天に向かって吠えた。天は雷鳴をもってこたえ、雨の涙をいよいよ降らした。

やがて、犬は打ち切られた万の頭をくわえ主との懐かしき思い出の地へと向かった。

国司達は追いかけた。犬は近づくと吠えかかり、威嚇した。しかし、だれもこの犬を殺して、万の頭を奪い取ろうと思わなかった。誰もが心の中で泣いたのだった。犬は草深き原野に至った。そこはかつて主と共に駆けた原野であろうか。犬は主の頭の前に横たわり動かなかった。そして、そのまま何も喰わずに飢え果てた。

……………

………

……

我はこの話を伝え聞き激しい動揺にさらされた。

犬は主を死ぬまで、いや、死しても裏切らない。主と共に死の旅路をも共にする。残された犬は主の屍の前でただ吠くしかなかった。吠き続けながらついには死に至った。

果たして人は？

人は人に己を滅す事は出来ぬであろうか。

この戦のあといったい何がもたらされたのか。

あの男は自分の妻が逆臣の妹である事を理由に逆臣守屋の財貨、領地をも我が物とした。民草はこれを見て、あの男が守屋を滅ぼしたのは、あの男の妻の謀に従ったのだと噂しあった。

それが真実だったということか？

あの男の満足げな笑みとその噂の中で。

そして、我が誓願した四天王寺は守屋の財によって造られたのだ。

あの男もまた、誓願の通りに飛鳥の地に法興寺を建てた。

敵を滅ぼし、その敵から奪った財貨を以て寺を建立する。

それを浅ましき贖罪と言うことをどうして否定出来よう。

しかし、あの男には仏への信仰なるものはどのような意味を持っているのであろうか。やはり強き野心の為の方便に過ぎぬのか。

そして、次なるあのおぞましき謀を企てたときにあの男は法興寺の仏堂と歩廊の工を起こした。それはそれから行う自らの悪を慰藉する為であったのか？

この戦の翌月、泊瀬部皇子が帝となられた。

次の帝は勇猛であられた。そして真率であられた。かつては守屋を討つときに共に戦いになられた。しかし、おさまりのつかぬ感情を有しておられたのであろう。


帝は真っ直ぐとあの男を憎まれたのだった。

帝は、兄、穴穂部皇子を殺したあの男を激しく憎み、血のつながりと共に滅せられようとお考えになられたのだ。

しかし、その血には己が血も含まれていたのか……。


そのころの我は既に分別のつく大人であった。

果たして、あのとき己は何を想ったであろうか。帝に対し、あの男に対し、激しい動揺の中にあったのみではなかったか。

そして、動揺は未だおさまらないでいるのではないか。


帝は時にあって、新羅に滅ぼされた任那を復興される事を計画された。

群臣達に異を唱える者はいなかった。

三月後には紀男麻呂宿禰、巨勢猿臣、大伴連囓、葛城烏奈良を大将軍に任じ、各氏族の臣や、連らに二万余にわたる軍を従えさせ、筑紫に出兵させた。

主だった群臣は都より離れた。

そして……。

崇峻五年、冬。

あるとき、帝に猪が奉られたときの事だ。

帝は奉られた猪を見て仰ったという。

「いつの日にか、この猪の首を斬るように、あの男を斬り殺してやりたいものだ」

帝はこのときであると決断されたのであろう。

内裏に武器を集められた。

しかし、この言を、この動向を帝の妃であられた大伴糠手連の娘小手子があの男に告げられたのだった。

しかし、それは帝の愛を失っていたからだという。

そうかもしれぬ。

が、あの一族と大伴家の関係は守屋との闘争以前からの血よりも濃いものではなかったか。

そして、あの男はやはり大陸の者どもを駆使して畏れ多くも帝を弑逆したのだ。しかし、あの男もまた大陸の者どもに操られた傀儡にすぎなかったのかもしれぬ。故に帝の妃、あの男の娘が己のまさに駒だと思っていた者に奸されたのを知ってあの狂気に至ったのか。あの酸鼻きわまる光景。矢をつがえるたびに己が狂気に酔ったのか。いや、おそらくはあれも演技であったかもしれぬ。酔う振りをしながら、自らの悪に酔いしれていたのか。西蕃の國の者どもは肇國への畏敬などついに持つ事はなかった。あの男の一族にだけ仕え、あの男の財貨の為にのみ働いただけであった。

東漢直駒、それが帝を弑した。

そして、あの男は狂気と愉悦の貌をあの男に向かって弓を射ながら見せたのだった。

果たしてあのときの己はどのような貌を見せていたのであろうか。あの男と違っていたであろうか。それとも……。

しかし、あの男は帝の弑逆を本当のところでは畏れていたのか。それ故のあの狂気であったのか。それもわからぬ。この平穏な日々に太り、弛緩しきった貌を思えば、あの男にとって既にあの行為は忘却の彼方へと押しやってしまっているのではないか。自らの野心の為にあの血は必要であり、いまとなっては何の感傷もおこさぬものになっているのか。

しかし、それをおぞましく思うには己はあの男と血が近すぎた。あの財力は己を生かし続けたことは疑いも無き現実であった。

そして、あの男がもたらす武具の優秀さ、そして、それを扱う者達の手練れに幼い心ながらにも共に歓喜したのではなかったか。

そして、血の歓びと恐怖をあのとき初めて二つながらに経験したという事実は確かな事であった。

しかし、仏といい、祖々先々の神々といい、その名を掲げ、その名の下に、あらゆる知恵を絞って互いに殺しあう。

それが人の世というものか？

誰もがその愚かしさに気附きながら誰にもそれを止める事は出来ぬ。

あの陰惨な日、血は雪を赤く染めながら、すぐに雪がそれを覆っていった。

しかし、やがては雪が融け地はぬかるみ汚濁の地となった。

馬上の男は都に至っていた。

あの狂気の相貌に出会ってから二十年もの歳月が流れた。
刻は流れれば流れるほど苦しき思い出のみが己を責め立てた。
少治田のこの都は美しい。
しかし、この美しさはあの一族の血塗られた歴史を覆い隠すが故のものではないか。
今上帝もやはりあの男の一族の者で在られる。
今上帝は我が父の妹君であり愛すべき帝で在られる。
帝はあの男を信頼されている。
あの男は白々しいほどの歌を詠んだ。
「やすみしし　我が大君の　隠り坐す　天の八十かげ　出で立たす
御空を見れば　万代に　斯くしもがも　千代にも　斯くしもがも
畏みて　仕へまつらむ　拝みて　仕へまつらむ　宴杯奉る」
今上帝は素直に喜ばれた。
「真蘇我よ　蘇我の子らは　馬ならば　日向の駒　太刀ならば
呉の真刀　宜しかも　蘇我の子らを　大君の使はすらしき」

蘇我一族の長、馬子。

この男の一族の為にどれほどの犠牲が払われたのであろうか。

この男の暗躍により、物部守屋、中臣勝海、穴穂部皇子、宅部皇子、崇峻天皇、悉く倒れたのだ。しかも、この多くがあの一族と血の関係に結ばれていたのではなかったか。守屋の妹はあの男の妻であった。穴穂部皇子、そして崇峻天皇は欽明天皇と小姉君との間の子であられた。小姉君は稲目の娘、あの男の姉ではなかったか。

そして、我が父、用明天皇、そして、今上帝の母君、堅塩媛もまた、あの男の姉であった。

我が血の中にはこの一族の血が色濃く受け継がれている。

あの暴風の如く猛々しき精神の強さ、悪を悪と認めず、己の欲望を絶対の真理として疑う事もない。懐疑や反省などという言葉が凡そ似つかわしくない、あの男に対抗する事はもはや不可能に思われた。

しかし、あの男の存在がこの混乱した肇國に安定をもたらしたとも言えるのではないか。薄弱とした協和などではなく力、そして、それをもちいる智慧を容赦なく行使する事が安定をもたらしたのではなかったか。それをいたずらに憎む事は欺瞞の極みというものではないか。

それではあの強き精神に対抗するすべはないというのか？

いや、唯一つあった。

仏だ。

廟堂にてあの男と対峙する事はある種の覚悟が必要であった。いまだに重苦しさから脱する事が出来なかった。あの巨大な悪、しかし、悪を悪とせず平然とする強烈な血の臭いに堪え忍ばねばならない事。しかし、その血の臭いは果たしてあの男から来るものなのか、やはり己から発せられているものではないのか？

悪とは？

この血そのものが悪とは言えまいか？

悪は討ち滅ぼすべきものではないか？

果たして己は、力がたらざる故に起たぬのか、それとも、あの男の犯戒をも大悲によって見過ごせるものであるか？

果たして起つか、起たぬか。憂悶は果てなかった。しかし、いまはそうした思いから解放された。いや本当に解放されているのか？　いまだ少治田の都と距離をとりながらこの鬱屈たる感情を悟らせまいとしているだけではないか。悟られたら仕舞いである。あの男には闇の者達との戦いでどれだけの者が倒れたか。大陸の者達を駒のように扱い、その効用に完全に知悉していたあの男に対抗する事はおよそ不可能であろう。

そして、民草の為、果たしてそれは本心か。

決断を鈍らせる為の方便に過ぎぬのではないか。

煩悩を知るとは忍耐をするということなのか。ただその悪を見つめ、見つめ続け耐えることに救いはあるというのか？

あの男には後悔という言葉はなかった、反省という言葉もないのであろう。それがあの男の力であり源なのだ。あの男にとって仏とはやはり方便にすぎぬ。しかし、その方便に対する力強い信仰とは何か。

いや、己こそ、仏を方便としているのではないか。そうでないとどうして言い切れよう……。

ただひたすらとあの男に対抗しようと抗おうとし、仏に熱狂していたのではなかったか。

師の慧慈は仏に近づく事は熱狂ではなく剋く念う事だという。しかし、剋く念うためには燃え上がるような識が必要なのではないか。悪を滅する。それは仏の求めるところではないか。その為には力を用いる事は赦されている。

しかし、同時に、善悪を越えた識を仏は説く。

善悪を越える……。

決して無為を悟るのではない。

そのようなもので仏に近づけるわけではない。

自我に執着しそれでもなお仏へと近づく事が求められる。

真実なる我、己は未だ善悪を相念する事で煩悩を離れる事も出来ず故我のなかにいるのであろうか……。

# 第二部　悪　夢

崇峻天皇が弑逆されてのち、炊屋姫皇后が帝となられた。

高麗の僧慧慈、我が師が肇國に帰化されたのもこの三年の御世の事であった。百済の僧慧聰も来朝し、共に肇國に仏を広める事に尽力してくれた。

しかし……。

これがこの肇國の運命というものなのであろうか。

西蕃での争いは再び肇國を動揺させた。

そして、我は我が弟達をもその動揺に巻き込んでしまった。

今上帝の御世になられて八年目の春。

それは肇國が人の世となって以降絶えざる憂悶の種であり続け、群臣達の富の源泉であり続けた西蕃諸国が、この御世において再び強く顕在化したのであった。

新羅が任那を襲った。

このときはあの男の弟、境部臣摩理勢の働きにより、程なく鎮圧した。摩理勢を大将軍として、穂積臣を副将軍とした一万の軍によって新羅を攻略したのであった。新羅は白旗を掲げ敢えなく降伏した。しかし、それにしても、何か甘さとでも言うものがこの肇國にはあるのであろうか。徹底した残虐性、それは統治に於て必要な苛烈さだ。それが足りぬのか、いや、それよりも財を得る事で輙く籠絡されてしまう群臣達の惰弱さなのか。

新羅より軍を引くと、再び新羅は任那を襲った。


西蕃諸国の騒擾は肇國に再び混乱をもたらしかねなかった。

故に次の年の春に我は斑鳩に宮を構える事を決心した。

そして群臣達を騒擾の諸国に遣わし、間諜を警戒した。

大伴連囓を高麗に遣わし、坂本臣糠手を百済に遣わした。

新羅の間諜は盛んに侵入してきた。対馬にて捕らえた迦摩多など恒沙のなかの一粒に過ぎなかったであろう。

さらに翌年、夏。

弟、来目皇子を将軍として筑紫に遣った。多くの神職、巫女を伴わせ、八百万の神の力を恃んだ二万五千の親征であった。

愚かであった。

群臣達の跳梁を、野心を危ぶんで皇子を将軍としたつもりが、結局、皇子を死に至らしめる事となってしまった。

西蕃の諸国に派遣していた群臣達、大伴連囓、坂本臣糠手が共に百済から戻るやいなや皇子は筑紫の地で病に倒れたという。

病……。

あれほど健やかであったわが弟が何故病に倒れねばならなかったのか。あのときの怒りを忘却する事など出来ぬ。そして、己の愚かしさをこのときほど呪った事はなかった。

しかし、我はさらに愚かさを重ねた。

再び弟、麻呂子皇子を将軍にたてたのだった。

結果は同じものだった。

弟の愛妃の巫女、舎人姫王が明石にて病に薨じたのだった。

麻呂子は何も言わなかったが、あのときの怒りとも怯えともつかぬ目の色は忘れることは出来なかった。

弟は征討をやめ、明石より戻った。

群臣達の欲望の前にもはや何も彼もが徒労に終わった。

それからのち冠位を制定し、十七条にわたる憲法を発したが、それが一体何の力があったろうか。

あの男は我が発した憲法を笑って見のがした。

「諂《へつら》ひ詐《あざむ》く者は、則ち国家を覆へす利《と》き器《き》たり、人民を絶つ鋒剣たり。佞《かたま》しく媚ぶる者は、上に対ひては則ち好みて下の過《あやまち》を説き、下に逢ひては則ち上の失《あやまち》を誹謗《そし》る。其れ如此の人は、皆君に忠無く、民に仁《めぐみ》無し。是れ大乱の本なり。」

國を危うくするものとは一体何ものであるのか。時にそれは優秀な頭脳を持つが故に自らの利を追求するものではないか。

一体何故だ？

西蕃の者達の活動、そして、それに付和雷同する群臣達。

ひたすらに、自己一身の利を追い求め、それを恥じる事もない。恰もそれが人の世であると言わんばかりに。確かにそれはそうなのであろう。この無常なる現世を力強く生き抜く事に躊躇いを持つ事は欺瞞というものであろう。己が欲望を絶対化することを躊躇ってどうしてこの地獄の世を渡り生きられようかと。

しかし、そこにあるのは醜悪さばかりではないか。故に、仏の美は貴いのではないか。多くの人は善と悪の浮動の中にある。

あの美しさの前に、自己の醜悪さに反省を求められるのだ。だが、何故、その醜悪さに対する為に祖々先々の古き神々において対する事が出来なかったのか。

何故に……。

それは、あまりにも激しき悪はもはや悪という形容を脱する故か。

そして、その巨悪と永劫の対決する為に仏は顕れたのか。

「人皆党《たむら》有り、亦達れる者少し」

我もまた、「党」の中にあって、相争った。やがて、その党の中にあって更に相争う様を見てきた。そして、その時において我は何をも悟るところなどなかったのだ。我はあの男と心を共にした事があった。人は「党」を作り、その中に安住する。その中にあって共に在らんことを求めながら、その共にあるところのものの多くは互いの誤解に基づいているものではないか。孤独から逃れる為。そして、その不安から逃れる為。

いや、誤解というのは欺瞞だ。あのときは確かに我は率先してあの男と共にあったのだ。あの男の言う正義の酔い、その敵を憎み、共に戦った。そして、その惨劇と血に酔いしれたのだ。

そして、互いを恨み憾みあって、嫉視する。そして、我欲の果てに、ついには法を破る事をも厭わぬという事になる。

しかし、我はそれを後悔も反省もすまい。何となればそれが避け難き現実故だ。後悔と反省があの記憶を覆い隠すものではないからだ。だが、それはただの現実への肯定ではない。この無惨すぎる無常の現世に対決することこそが仏の道だからだ。

そもそも、あの悪夢のような事実という力がなければ我があの憲法も為すということもなかったのではないか。

だからこそ、あの男は笑って見のがしたのか……。

あれは斑鳩に移るより九年前の事であったか。瀬戸の内海を渡り伊予、熱田津に慧慈を伴い行った。景行天皇と大后八坂入姫、そして、仲哀天皇と神功皇后が西征のおりに立ち寄られたこの地に我もまた訪れた。果たして、御歴代の皇神祖《すめろき》もまたこの美しさに惹かれたであろうか。

湯岡の神井に沐しつつ、そこにうつる日月は偏私することなく照らし、そして、神井に相照らされる光景に心奪われ、その光景はまさに寿国というものであった。

この美しき地を直き心で愛でる。

それが我が肇國の信仰であった。

しかし、この無常なる人の世はそこに激しい相剋をもたらした。

我は摂政として様々な施策の執行の日々を送りながら日羅のことが恒に頭をよぎった。

日羅と出会ったのは我がまだ十の頃であったろうか。

日羅は火葦北の国造阿利斯登の子であるが、阿利斯登は宣化朝に大伴金村の命を受けて百済に遣わし、そのまま百済に帰化したものであった。

帝はこの日羅が西蕃諸国の事に非常に通じていたので任那復興の為の智者として肇國に召したのだった。

百済の王ははじめ日羅が肇國に渡る事を惜しみ、そして、畏れた。

精悍な男であった。

難波にては、遣いの者を迎えるに鎧を着て、馬に跨り威儀を正し、その立ち居振る舞いは深く感に堪えたという。


敏達十二年、冬。

我は伴を連れて斑鳩の地に遠乗りに出た。

ゆっくりと馬を歩かせながら空気の冷たさを感じた。

斑鳩の地はうすい雪に覆われていたが、空は蒼穹に輝いていた。


蘆間に吹く風につられ、鶴の一群が啼き、それにおくれて一羽啼く鶴の声は静寂の空に響き、我はその声を求めて蒼穹の天を仰ぎ見た。その眩しいまでの空の輝きに目を奪われながら淡雪が梢をつたい落ちる音をきいた。

我は稚気を思い一人になりたくなり、伴の者を置いて駆けだした。伴の者が慌てている様子がおかしかった。

如何ほど駆けたであろうか。

そのとき、我は丘に向かって駆けていたのだが、その丘の頂に大きな馬に乗り体躯のたくましい男が目の前に現れたのだった。

我は不審に思いながらも男に禍々しい気配は感じなかった。

男は真っ直ぐと我を見た。

男は我を見て何やら悲しげな眼を浮かべた。

それが何を意味する眼であったのか。我はそれを知りたく思ったのだろうか？　我は警戒もなく男に近づいたのだった。

「お前は？」

我は尋ねた。

「私は日羅と申します。皇太子様」

我はこの男がいま都で噂されている者かと驚きながらも合点したのだった。よく鍛えられた体躯、そして、深い知性を思わせる眼差し。一瞬にしてただならぬ人物である事がわかった。

しかし、何故我が皇太子だとわかったのだろう。

「何故、我を皇子だと思う」

「いえ、あなたのようなお年でそのような下問をなされる方は皇子であられるであろうと思ったまでです」

「なるほど、では何故そのような眼で我を見つめる」

日羅は暫く沈黙した。

そして……。

「この國は美しい。私はこの冬にはじめてこの國の土に触れましたが、この冬の厳しささえも美しさを思わせ、これからの四季を思うと夢の中に入るようです。この國の民草とも出会いました。みな素朴で心の優しい者達ばかりです」

我は嬉しく思った。異国の地で暮らしながら、この肇國に渡ってこの国の美しさを愛で、而も、それが多くの者に敬われ、大事に思われている者の言葉だと思うと心楽しく思ったのだった。

しかし、日羅はその次の瞬間に寂しさとも厳しさともつかぬ目で続けたのだった。

「しかし、この美しさと素朴さは動揺しやすい弱さでもあります。私は異国の地でこの國をながめて参りました。この國の歴史も学びました。黎元を愛み育てるというこの國の帝の信仰は美しいものです。しかし、その美しき信仰だけではこれから、いえ、歴史を紐解けば過去のものからではあるのですが、乗り越えられぬ壁に行き当ります。そして、その相剋はいよいよ激しいものとなるでしょう。皇太子様。貴方様はその相剋の運命を我が身に引き受けられる事となるでしょう。貴方様が皇子様であられる以上それは逃れられぬ運命であります。それは時代という逃れようのない過酷な運命です。皇子よ、どうかその運命に力強く立ち向かわれてください」

そのときだった。伴の者が我を呼ぶ声がした。

日羅は優しく微笑みかけ会釈し去ろうとしていた。

我はもっと話していたかったが呼び止める言葉が出なかった。

「最後に……。ここは重要な地です。都から西蕃へ、西蕃から都へと多くの者が行き交う地です。多くの者入り乱れ、この國に禍も福ももたらすでしょう。もし貴方様がその過酷な運命に打ち勝たれたならば、そのとき、ここに宮を置くとよいでしょう」

日羅は去った。

それが日羅との最初で最後の邂逅となった。


日羅は敏達天皇に肇國がとるべき道を問われ、治世のあり方を説き、軍事充実を語り、最後に、対外政策について述べた。

日羅は肇國の為に多くの進言をしてくれた。

しかし、あの日羅が百済の間諜によって暗殺されたのだった。日羅は阿斗桑市から難波にうつり、そこに居を構えていた。日羅と共に百済より来た使者恩率、参官が國に帰るとき、部下の徳爾に日羅を殺すように命じたという。

そして、十二月の晦日に狙い殺したのだった。

あの精悍な人でさえもこれほど簡単に殺されてしまうという事。
このときはじめて我はこの間諜の恐ろしさというものを知ったのかもしれぬ。
そして、我は信をおく秦河勝に命じて芸能者に間諜技術を仕込ませ、各地に散らした。
妹子には三韓の先にある隋に遣わした。
種は蒔いた。
あとは……。
我が息の純粋さを恐れた。
純粋さは薄弱な思想を伴う。
菟道稚郎子皇子よ……。
三帝の争いの中、力尽き果てた貴方と同じ運命を我が息は辿るのでしょうか？
「和を以て貴しとす」
息はあまりにも純粋であるが故に純粋にこの言葉を受け取っているのではないか。
かつて、我は我が息と議を重ねたが、果たして、息はわかってくれただろうか。

現実に知ることと仰ぎ信じること。

因明という論理を積み重ねてそこに信心が生まれるわけではない。解き難きものを思う事。その問自体が意味をなさぬものだ。

そして、その因明を問えば問うほど、その論理は精緻には為れども仏から遠ざかり、現実を離れ、ただの観念の遊戯に陥る。

そこからの飛躍がこの勝鬘経を曙光とする大乗の教えなのだ。そもそも人の世は論理によって解決しようはずのないものだ。

それは無記であり問題として論じてはならない事であり、戯論である。故に勝鬘夫人はそれを明らかにする事を仏の智慧にゆだねたのだ。

その定め難きために凡夫は何を依拠したらよいかわからないとなるが、この道理を心から能く信じる事の出来る人を信じて疑っては為らないと勧めるのだ。

「父よ、父こそ私にとってその能信の人です」

それは駄目だ。我もまた凡夫に過ぎない。

「しかし……」

ああ、息はあまりにも純粋に受け止めすぎているのではないか。言葉のみを純粋に受け止めてそこに燃え上がるような識を喪失しているのではないか。現実を越えた純粋は不純を招くことを喪失しているのではないか。観を得て得たと思った瞬間に観は不純を呈する。観に近寄れば近寄るほどに観の輪郭を見失う。

「本《もと》に非《あら》ざれば以《もっ》て迹《あと》を垂《た》るる無《な》く、迹《あと》に非《あら》ざれば以《もっ》て本《もと》を顕《あらわ》すことなし」

息は思想の為の思想に陥っているのではないか。内なる動機を失って行為における思想を果たして……。

しかし、それもいいのかもしれぬ。この血を亡失せしめる為には。

いつのことであったか斑鳩の宮が炎に包まれる夢を見た。

それが望みか？

いや、若しそれを息が果たすというのなら、そこに激しい内的動機を有している事になるのか。その行為によって思想は現れるというならば……。もうこれ以上考えまい。息がどのような思想を行為によって顕すか、それは息によって決められ為される事であろう。現実とは？　理想とは？　信仰とは？　この人の生の中で対立する事なく生きるという果てしなき道の中に求められるものとは？

ただ息には是を念うのみだ。

「諸悪を作す莫れ、諸の善を奉行せよ」

# 第三部　対　決

果たして金堂にて瞑想すること幾時を経た事か……。

如来蔵の相貌は夜の闇の中、輝きながら我をさらなる闇へと落とし込む。あの男は、この堂にて幾たびも対した。あの男と共に国史を編んだ。それはこの肇國を見舞った苦痛をいま一たび直視するものであった。そして、人はこの人の世を生きる為に多くの罪悪を重ねる。しかし、その罪過を慰藉するために仏はあってはならないはずだ。あの男と共に肇國の史を見直しながらいったい何がこの肇國の運命を襲ったのか。そして、この醜い記憶は再びこの肇國を襲う運命にあり、それを避ける事などもはやないのであろうか。確かにいまこのときは太平の世であるといってもよいかもしれぬ。しかし、その太平はいつの世も崩れやすいものではなかったか。

「我仏の真実を歎じて常住に帰依すと雖も、若し仏相随ひて救ひたまはざれば、即ち帰依は尊からず。故に仏に就きて護りを請ふ」

あの男は確かに仏塔を建て、仏像、仏寺を造り仏への帰依を示した。それが仏の道であり自ずから救われる道であるとして。

しかし、賛嘆し帰依していればそれでいいというものではないはずだ。仏にすがって護りをお頼みするという強い心なしに帰依の心は生きてこない。馬子よ、お前にはそれがあるか。お前はただ賛嘆し帰依するのみで仏にすがるところはないのではないか。お前にこれを説いても意味はなさぬというか……。しかし、お前の過去はそして我の過去は共に悪夢ではなかったか。あの悪夢にお前も苦しんでいたのではなかったか、それとも……。

お前は反省を知らぬと言う。それはやはり強き精神ということなのか。その強き精神に我も惹かれるところがなかったか。穢れをも罪禍をも自分の力へとかえることを躊躇わないその精神の強さに我もまた惹かれなかったとどうして言えよう。お前のそのお前の存在が我の信仰の契機であったのではなかったか。

お前と共に我は仏に帰依した。しかし、その帰依とは？　過去の悪夢は今の悪夢につながる、今の自己は過去とつながる自己だ。我は反省によって信仰を得た、そこに飛躍はあっても断絶はない。

お前は過去を肯定する、我もまた過去を否定しない。

いや過去を否定したところで切断する事など出来ぬからだ。

しかし、肯定する事と否定しない事に差異は？

お前は善悪を越えた力の世界のみを肯定している。

我は悪を否定しない。

お前は善悪に執着する事を嗤う。

しかし、善悪への執着なしにどうして仏に近づきうるか。

仏に近づくことが生の目的ではないとお前は嗤うのだろう。

この現世での王となる事がその目的であり、それを求める事と悪い法と識を得る事が無意味無価値だと嗤う。

お前にとって仏の法をも超えたところ、力への信仰に懐疑を持たないその強き精神こそ真実であったというか。

しかし、それは変化し消滅する無常に帰依する事に外ならない。永遠の大悲に帰依する事こそ価値ある道ではないか。お前は嗤う。価値……。愚かしい事だ、我こそ価値というものにとらわれているに過ぎないではないかと。

大悲への帰依。

仏の衆生救済の善を仰いで善をなし、衆生を教化して衆生と共に往生する事を期す、衆生のために身を捧げる善行のもとになる帰依。

お前は憐れむように我を嗤った。思い上がりも甚だしいと。我一人、凡夫に過ぎないものがそのような帰依心を抱くなど、それこそ肥大した精神ではないかと。善行を修める為に仏の真実を讃歎して永久不変の常住の真実に帰依しようなどと、所詮、凡夫の世であるこの現世では如何に我が激しい帰依心をおこしても痛痒の変化もあり得ないと。

そうかもしれぬ、しかし、仏の大慈大悲を思い、それゆえに心が動き、感動する、それはやはり真実なる感動だ。その感動を大事に思うからこそ善が行われるはずだ。お前には感動はないというのか。お前とて木石ではあるまい、その微動する心をお前とて持っているはずだ。

お前は嗤い、我に対決を迫る。

「皇太子よ、果たしてあなたは我を教化しうるのか？　そもそも、皇太子よ、貴方は私の悪を言いますが、私の悪は貴方の悪でもあるのではないのですか？　皇太子よ、あなたこそ、あなた自身の為に仏を求めているのではないのですか？」

……そうではない！

我は自行の戒を受けるのは、お前を教化救済しようと思えばだ。その為に先ず己の身を正さなければならぬ。そして、菩薩が自己を正すのは己一人の為ではないように、我が仏を求めるは、お前を救ってやる為だ。

「私を救う？　おかしな事をおっしゃる。私には迷いはありません」

だからこそ。迷いがない故に救ってやる。

「しかし、あなた自身が『共に是れ凡夫のみ』と言われたのではありませぬか。その凡夫がどうして凡夫を救い得ましょう？」

願う心によってだ。我とて人が仏になれるなど言うつもりはない。当然の事だ。ただ仏を仰ぎ見て、仏に向かう心を持続させる事によって人は人であれるのだ。若し何ものをも仰ぎ見る物無しとしたとき、人は人とは言えぬであろう。自己へ対する識を深め、識を深めていく過程に仏を想起する。

「皇太子よ、あなたは菩薩ではありません。そのあなたが私を救おうなどと思うのはやはり思い上がりに過ぎないとお思いになりませんか？」

いや、違う。大乗は自分だけが救われるよう求めないで衆生を救う事を先においている。確かに是は菩薩の道だ。しかし、その菩薩の道を模すことは人に許された道であるはずだ。

「菩薩を模す？　それは余りにも儚く遠い道ではありませぬか？　あなたは菩薩を模すと言いながら結局はあなた自身の安心を得ようとしているだけではありませぬか。自分だけが救われる事を求め、現実世間を離れ、煩悩を滅し盡した理想の境地に至ろうとする。すなわち小乗を求めておるのではないのですか？」

違う！

「いったい何が違うのです。あなたは金堂にこもり、独り思索に耽り自らの救いを得ようとしている。そもそも何によって私を救いうると言うのです？」

仏に帰依する事をしめす南無という言葉によってだ。その言葉を称える事により善は生まれるのだ。

「ならばいくらでも称えましょう。南無……」

そうではない。報いを求めて行ずる善なるものでは、決して仏果に到達する事はない。心の裡から、止むに止まれぬ思いから実践するものでなければ萬善である「乗の本体」とはならないのだ。そして、仏の大慈悲は決して盲目の愛や感傷によるものではない。悪の存在を一点に見つめればこそ、その悪との久遠の対決を不断に続ける忍耐こそ、絶えず悪への識を深めながら絶望をしない、それこそ仏の大慈悲なのだ。お前は三宝を帰依して善を行ったと言う。確かに、それは仏へのきっかけだ。しかし、そこで終わっては唯仏を知解したに過ぎない。

仏道には知によって理解できるものと知によって理解できないものがある。仏の教えを知解する事により善が生ずるとされている。しかし、それでは知的に理解し得ない者達には善が生じないというのであろうか。いや違うはずだ。善こそ乗の本であり、知解こそ末ではないか。ただ衆生にも為せる善は「南無」と称えることにあることを許されているのに過ぎない。

煩悩を滅するのではない離れ断ち切る、不断の努力をするのだ。

しかし、無を断ち切るのみでは悟りの境地と言い得ても、この世に働きかける事のない悟りであるならばそれは常なるものではない。

何故妄想の念がおこるか。彼岸の義を考え過ぎたり、考え不足であったりする故にある。中道を見失っている。

そして、中道とは理に奔らない大和心と同じものだ。

今の法華は未だ常住を明かしているわけではない。故に義は自ずから方便に過ぎない。だからこそ仏はその迷妄から救い取ろうというのだ。迷妄の中にある凡夫が悟りに至ることを仰信させる為にあるのみだ。

凡そ人は分を離れて為す事は叶わない。自らの分とするところの行いを越える事は凡夫の法を越える事となる。凡夫が他なる仏の分とするところの行いを為さんとすればそれは凡そ誤解によるものに外ならない。なぜなら現象の有作の世界とそれを越えた本源の無作の世界を同時に感得することなど凡夫の為すところではないからだ。凡夫なる者が仏の広大無邊、一切平等の心に接する事は可能だとしても、全く識を仏と同じにする事など不可能事であり、身勝手に己が理想の境地に達したような錯覚に陥っているに過ぎないのだからだ。

「この世は火宅ですか？　そうでしょう、しかし、それを悟ったからといってどうしろというのですか、仏にすがるほかないのでしょう。

凡夫が火宅に気附かぬ童子であり、愚かである故に乞食となった窮子であり、光を知らない盲目である故に何も知るところのない盲人であることはよく説かれているところではありませぬか。

摂政殿よ、人がその識を離れ人を観た時あるのは絶望のみでしょう。人が如何に、貪欲なもの、飽くなきもの、嘔吐すべきもの、無慈悲なもの、殺戮的なものの上に立っていることを認識し尽くした時、人には破滅あるのみでしょう。火宅の中にいることに気附かない童子をどうして非難できましょうか。

だから仏は美と共に現れたのではありませんか。その仏の美なるがゆえに人は仏に救いを求めうるのでしょう。仏の美は人を微睡みの中に誘います。しかし、王は救いなど求めてはいけません。この醜悪な無常の世を見つめそれでも猶といって、生き抜くことが現世の王の使命なのです。それ故に王のみが美を示しうるのです。私はその美を利用しうるのならいくらでも利用しましょう。それが支配する者の務めです。

そして、その美を美として感じなくなったとき、無数にあるこの人の世はひとつ崩壊するだけでしょう」

しばらくの沈黙が起こった。しかし、再びあの男は問いつめた。

「そういえば摂政殿よ、あなたは片岡の山で愚かなことをしたそうですな」

どういう事だ？

「飢えたる者に施し、歌を詠み、そして、死に至れば篤く葬るなど、摂政殿はいまだに人の世というものがよくおわかりになっておらぬようだ」

あれは冬の事であったか。凍てつく寒さの中にあの者はいた。そのとき、確かに我は片岡の山であの飢えたる者に食を施し、衣を脱ぎ与え憐れみの歌を詠った。

級照《しなて》る　片岡山に　飯に飢て　臥せる

その旅人あはれ　親無しに
汝生りけめや　刺竹の　君はや無き　飯に飢て　臥せる
その旅人あはれ

何故、詠ったか？

それは人の世の現実を目の当たりにしたからだ。飢え苦しむ者がいて、我らのように、そのような苦しみから逃れている者がいる。しかし、それはいったい何によってなのか？　偶さかの宿業の強さによってか。それとも、その者自身の弱さによってか。

それはわからぬ。

ただ、あの飢えたる者にも美しい思い出はあったはずだ。

家にあらば　妹が手枕かむ　草枕　旅に臥せる　この旅人あはれ

家を持ち、食たらば、妻と睦まじくあったはずの生が虚しく死へと向かう。そして、その現世にあって苦しみ、もがく者がいる事を哀れに思ったのだ。何故にこのような生を、このような死を、この者は得ねばならなかったのか。

しかし、仏の前には人は皆平等だ。

「それはそうでしょう。人は皆同じく限りある命しかもちえません。しかし、人の世とはそれだけでは治まらぬということを見過ごしているのではありませぬか。乞食が貴種であるあなたから直接施しを得る。それは怨嗟を戯けなき人にもたらすものです」

怨嗟？　人の世はその怨嗟の歴史ではないか、今さら何を言う。

「まあ、確かにそうですな。我々は常に何かに怨嗟してその怨嗟を本として生き抜いてきたわけですからな」

何が言いたい？

「摂政殿の行為は新たな怨嗟の種を蒔いたということです。摂政殿の行為は確かな仏心よりいでたるものでありましょう。しかし、その行為は怨嗟の連鎖をただ繋げてしまったのです。我らが互いを憎み合うように、あの者の中から我らを憎む者達がでてくるでしょう。仏の前に人は皆平等なるがゆえに……」

……！

# 第四部　臨　終

男は、あの男と夢と現の間でどれだけの対決をし続けたのであろうか。果たして、その対決は憎しみの為であったのか、それとも目を背け難きが故の憧れの為であったのか。

その日、梅の花は漸く咲き綻び、その芳香が冷たくも透き通る空気の中を儚げに漂っていた。

雪が昨夜、降ったらしい。

梅の梢には淡雪が残り、花の色がその雪の白に映え、空は青く輝いていた。

男はこの朝を日の光の差し込む床の間で目に泪をためながら目ざめた。

推古朝三十年初春、男は病に倒れ既に、一月もの間、床に伏していた。

しかし、その涙は病への苦しさからではなかった。

その涙はどこか遠いところから流れ出た浄きものであった。

……………

………

……

ああ……。

我が意識の朦朧とする中、菩岐岐美よ、お前は我より先に逝った。

共に床を並べながら、共に苦しみ、共に病と闘いながら我よりも先に寿国へと向かった。共に涙を浮かべ、見つめ合い、手を取りながら、菩岐岐美よ、お前の御霊が断ち消えるのを、お前の指先から魂の炎が静かに消えていくのを、我はただ黙って見つめ、感じるより外なかった。

菩岐岐美よ。お前は我が病を畏れず、自分の身を捨てながら我の為に尽くしてくれた。我の為に釈迦如来の造像を発願し、我が為に祈った。像は鞍作鳥が為すという。あの者であればさぞ見事なものが為されるであろう。だが、我はおそらく、それを見る事はないだろう。だからこそ菩岐岐美には我が菩提を弔ってほしかった。

しかし、我は、我が病は、菩岐岐美の清らかな魂を無慙にも奪った。

菩岐岐美は膳臣の者であった。あの一族から遠かった。故にであったか、我はあれを愛した。他の二妃、我が息の山背大兄王の母、刀自古はあの男の娘であり、橘は今上帝の皇子、尾治王の娘であった。二人に愛がなかったわけではない。ただ、血の匂いに、我自身の血の匂いが混じり匂いたつような、そうした想念に捕らえられかねなかったのだ。

血の匂い。

母、間人……。

母は二月前に死した。

果たして血の因縁によるものか、激しくも、か弱き方であられた。

母は父が病に倒れ往く様に何を見られたのであろうか？

死への恐れであられたのであろうか？

父は瘡を患い、口にしたものをすべて吐き散らし、熱に倒れ、瘡の傷より流れ出る膿はとどまる事はなかった。

父の苦しみ、病、そして、死への恐怖、そのすべてがあの母には耐え難き苦痛であられたのであろうか。ただ、母の父への愛の激しさが、その苦痛から逃れうる為に確かなものを欲されたのか。それ故、母は父の面影を求め父の息、わが兄を求められたのか。兄の母は稲目の娘であった。

しかし、我は何を求めればよかったのか。

母は去った。

祖々先々の神々を頼る者達はその神々によって禍を祓わんとした。

しかし、禍は強大であった。

だからこそ、仏にすがったのか。

父は仏を求められた。

父が寿国へと旅立たれるとき、傍によんだのは、我と、父の妹君にあられた今上帝、炊屋姫であった。母はよばれなかった。そのとき、父はただただ仏への帰依を求められた。祖々先々の神々を祀りながらそれでもその禍を避ける事の出来ぬ故に仏を求められたのだ。確かに肇國の神々は禍を祓う。しかし、生の苦しみと死への畏れは祓っても祓っても祓い切れぬ、心の内から湧き起こるものだ。そして、この人の世に八百万神の力はあまりにも儚く弱かった。しかし、それは神々の責ではないだろう。神々を敬い祀り、信じる強さがこの肇國に住まう者達に無かっただけではないか。そして、祖々先々の神々を信じるにはあまりにも多くのものが流入し、発達し、人なるものへの識が深まった。しかし、果たして本当に人は人への識を深めたと言えるのか。ただ、死への識を得、それに畏れ怯える。ただ不安に打ち震え、その不安と対決することなく、不安を試練とせず、試練として覚悟する事も出来ずに、誰にでも平等に訪れる死に不安し、不安のもとは動かないのに影だけが大きくしていっただけではないのか。

そこに仏が現れた。

仏は確かに、表面的な理をもたらす。ともすれば、大きな誤解をもたらすほどの理を内に秘めている。仏は美と共にもたらされ、その美は我らに大きなる感動を呼び起こした。三宝への帰依はその感動の表れでもある。しかし、その美は人の生み出した美であった。時にその美を畏れ、除こうとしたがそれでもなお、それは強烈な力強き美を放ち続けた。直き心のままでは済まぬ感動がそこにはあった。そして、この美と共にもたらされた絶望的なまでの恐怖が肇國を襲った。人は理由もなく地獄の苦しみを受けながら人が死に至る光景を眼にしながら死を恐怖した。無常が多くの者達の心を支配し、永久なる祖々先々の神々への信仰に疑いを抱かせた。

そして、仏はこの無常の中にあって常住なる信仰を説く。

仏よ……。

仏よ！

仏よ、あなたの言葉とは果たしてどのような真実を語られていたのですか。あなたは我の知る事のない梵語という言葉を話されていたと聞きます。しかし、私が知りうる言葉は漢文字に意を写されたものでしかありません。果たしてこの言葉はあなたの真実の言葉なのでしょうか。言葉は意を伝うといい、意は言葉を伝うといいます。しかし、果たしてこの文字の中にある言葉はあなたの真実の言葉を伝えるものなのでしょうか。阿難《アーナンダ》は「如是我聞」といいます。阿難の言葉でさえ、あなたの真実の言葉ではなくただ意を伝えただけのものでしかないといいます。その言葉にどうすれば信をおけるのでしょうか。阿難は十大弟子のうち釈尊の説法を最も多く受持した第一の方であります。その方が「如是」といい「我聞」といわれます。

肇國には遠き記憶がいまにも古言によって伝えられています。私はこの古言を信じていますし、疑いをもった事はありません。なぜなら、この言葉はいまを生きている言葉であるからです。この美しい言葉を私はその美しさにより信じています。しかし、肇國の神々祖先の古言は、いまや遠きものへと変貌し続けています。なぜなのでしょう。神武朝より以降、肇國は人を見ました。八百万の神ではなく、人を見ました。それは理知の光にふれ歓喜し、理知の闇に気附く歎きの過程でありました。「如是」。阿難の一声は、仏よあなたの妙なる八音の響きと違います。しかし、私はこの一声をもってあなたの妙音を念います。ただただ念うほかありません。阿難はあなたの妙音を聞きました。ゆえに阿難に伝えられた妙音は阿難の言葉によって伝えられます。しかし、肇國には阿難の言葉さえ正確に伝えられているわけではありません。私が読む勝鬘経は求那跋陀羅の梵語からの漢訳によるものであります。仏の言葉はこの間にすり減らされたとは言えないのではないでしょうか。私は経典を読みながらこのときに念うのは仏の言葉でありますが意と言葉との間にある距離が正しく接近している事を念うのみです。

書によりこの書から阿難の声を聞き、さらに仏の真実の妙音を聞きます。それは勝鬘夫人がただ書を読んで「我聞く仏の音声」と信をおこしたものと同じです。声は以て意を伝へ、書は以て声を伝えます。故に書の義を以て仏の声を聞くのです。しかし、果たして本当にあなたの言葉を私は聞いているのでしょうか。書に仏を感ずる事は可能なのでしょうか。

「聲有れば必ず言有り。故に聲を以て言は虚に非ざるを證す。花有れば必ず實有り。故に花を以て行は必ず果ありと證するなり」

仏の妙音が発せられれば、必ず心の裡に現れ言葉となり、仏の声によって勝鬘夫人の説いた言葉を虚言ではない事を証したと言います。仏よ私が説くところのものは果たして虚仮のものではありませんか？　仏の声が聞こえてくるまでの長い道のりを思う外ないのでしょうか。我が心が仏の言葉と出会い、このとき生じた感動を信仰の種とする外ないのでしょう。

「ただ黙念して仏を感ずるのみ」

沈黙を示したのは維摩詰でした。瞑目し、沈黙し、ひたすら仏を剋く念う事でのみ美しき仏は現ぜられ感得しうるでしょう。

ああ、だからこそ疑いよりも先に信が必要なのですか。何かを信じるとは一切の懐疑、試みを否定する事といいます。生滅変化のない常住真実に信をおかずして善なるものは虚しく響きます。なぜなら常住とは本来的に存在し、永久不変に実在しているものだからです。

しかし、世界は常に変化し続ける無常であります。常住なるものは果たして得る事は可能なのでしょうか。煩悩により理知の光は曇り、この変わり易い生死は無常を思わせ、この無常への識はこの現実から、人生からの逃避を促すと言います。

無為無常なるものを悟っても仏には決して近づけません。常住なるものこそ仏へ近づく道であります。しかし、その為には燃え上がるような我がなければなりません。そして、この真実なる我は誰にでもあるはずのものです。

「人尤だ悪しきもの鮮し、能く教ふれば之に従ふ」（第二条）

「剋く念ふて聖と作る」（第七条）

私はかつて憲法にこれを加えました。

人は本来聖となるべき真実なる「我」をもっているにもかかわらず、煩悩に煩わされ、真実なる「我」に目ざめない「故我」に執《と》らわれているだけです。

しかし、煩悩は伏し難く、人はその境地に至る事は終には叶わないといいます。如来のみがそれを果たせます。ただわれわれでも仏法を害し、煩悩の妨げとなる魔を降伏しうる揺らぐ事のない金剛の心はもち得ると考えるのです。

仏よ、あなたも人というものの識が故に悟りを求められたのですか。仏の道は理知への懐疑と失望であるのですか。

祖々先々の神々の古事ではすまぬ、理知なるものへ目ざめた人への識が仏の言葉を求めさせるのですか。人の識を得てより以降、肇國には多くの福と共に多くの禍がもたらされました。禍福の中にあって仏の言葉は燦然とかがやきました。仏は闇の中から生まれた光であられます。しかし、闇が無くては決して光る事の無かった光です。理知は力です。力は光も闇をも価値無きものへとするものであります。光は闇の中から生まれ闇の中に光を求めます。そして、仏に於ける理知は永遠にかわる事のない常住を知る正法智として光り輝きます。如来の一切の願である攝受正法はその「理」が深く幽遠である故にすべてを言葉で説き盡す事は出来ないといいます。仏の智は際限のない「理」から生じている故に、仏の智慧も際限はありません。だからこそ、今、この際限ない仏智をもって、その生まれた元になる際限のない理を照らし返す事は、仏であるならば可能であるのです。そう仏である故に可能な事です。

それは人の生そのものは人智によって説き盡す事は出来ない事を示しています。それ故に人はその智慧を希うのです。表面的な理知では得られぬ、そこに智を願う心がなければ仏の理に接近する事さえ出来ぬのです。そしてその心にしたがって接近すれば常住のかわらぬ思いの中に、すべての善行が修められており、その心からあらゆる善が生まれでるのです。それは独善でなく菩薩の心の中にある故に初めて善なるものとして出生するのです。あらゆる行は仏から出生し、衆生もまた仏から出生し、それ故にその源である仏の大悲の心を思うのです。

その知恵を願う心は衆生の為に説く事を願う故に、その為に正法智を護持せんことを願い、その為には身命財を捨てる。自分を以て他を思い、他を以て自分を得る。

果たして捨身とはどういう事なのでしょうか？

捨身とは決断の事でしょう。身命財を捨ててでも果たさなければならぬという決断は激しき念いに目ざめなければなりません。えてして、どれだけの者がその激しき念いに目ざめうるのでしょう。仏法に帰依した我さえも果たしてそこに仏を方便としていないと言えるのでしょうか。仏の方便は我々に帰依心をおこさせる為に様々な例を挙げられます。その種々の窮極の悟りに導く為の手立てとしての方便にしたがって大きな一大乗に向かう事を我々は念うのです。しかし、仏を方便として我は安心を得ていないのか、それは絶えざる疑問であります。

ああ、それにしても身を捨てたつもりがその実捨てていないという事は得てしてよくある事です。燃え上がるような激しき念いそれを夢に夢見ながら、終にはそれにふれる事もいや近づく事さえも出来ず恋々と虚しく時を過ごしているという悪夢は無間の地獄のようであります。その決断は正しいか、いや小乗として批判される身勝手なものに過ぎないのか、それを知りうるのはやはり仏であられます。しかし、決断の正しさを思った、そう思った瞬間にそれは不純を帯びそこに激しき念いがなかった事の証左であるのでしょうか。

「釈と結と則ち無窮なり」

際限のない思惟のくり返しに意味はないはずです。それは自分が為した決断に言い訳を求めても意味をなさぬようなものだからです。そして、決断を鈍らせることが智ではないはずです。熟慮が決断を鈍らせ、その熟慮に言い訳を施すという事はあってはなりません。何故といえば決断がなければ実行できないからです。

現実からの逃避が仏への法であってはならないはずです。仏の法は日々の現実に向かって立ち向かうものでなければなりません。しかし、果たして現実とは？　世間は虚仮。そこに真実なるものを求めればたちまち虚仮のものとして世間は現れます。しかし、虚仮のものとして世間を見れば真実なるものは現れます。

ああ、世間を虚仮と思う心と、仏の真実を仰ぐ心とは一つのものであるのです。故に唯仏の真実を念うほかないのです。それは自らに問うものでなければなりません。自ら問いそれに究極的な答えを見出しそこに向かって捨身する。しかし、その答えは自らの没落をもたらすかもしれません。しかし、没落こそ真実に至る道であるなら我はそれを求めるのみです。

…………………

…………

……

果たして人が人として法と心が一致する事などあり得ぬ夢なのか。それをなし得るのは八地以上の菩薩のみであるという。それ故にそれを念う事だけが人に許され、残された業なのか。正法を得る事を如何に望んでもそれに触れ得る事はない。その存在がある事を信じる他、人に許されていないのだ。此岸から彼岸に至らしめる波羅蜜を一念に思い菩薩は六度（布施、戒律、忍耐、精進、禅、智慧）を行す。衆生を彼岸へと至らしめようとする為に。そして衆生の悉くを差別なく広大な慈悲によって救いとる。

悉く差別なく……。
人はそれを畏れ仰ぎ見るのみ……。

かすかな梅の香が部屋を満たし、男は深くその香を鼻孔より吸い込んだ。このとき、ただ静かな、そして、永劫の時の流れの中に男はあった。
淡雪が臥竜として蒼天に向かう梅の梢より落つるとき、男は息を引き取った。

了

# あとがき

　このたび、この本の出版の話がもちあがったのは年度末の夕刻でした。私は社労士として顧問先を訪問中でしたが、文芸社の須永様からおよそ十年越しのお電話をいただきました。一体何のお電話なのかといったんはとぼけてみせましたが、忘れもしません。かつて、原稿を送り、一度、出版のお話をいただいたのですが、そのとき提示された出版費用額は当時素寒貧だった私には捻出するにはいささか悩ましい額でした。

　あれから十年経ち、それなりの小銭もあり、結婚もせず子供もいませんので、そうしたことを鑑みて出版費用など物の数ではないと、お電話のあった時点で、二つ返事でお願いしますとお答えしました。

　さて、当時、この本を書いたときのことを思い出してみますと、まず小林秀雄の

「蘇我馬子の墓」というエッセイから構想を得たのが始まりでした。そして、そのエッセイ中で触れられていた亀井勝一郎の『上代思想家の悲劇―聖徳太子』の聖徳太子像にさらに感銘を受け、亀井勝一郎がなぜ空襲のさなか聖徳太子を書き続けたのかという関心が、この小説を私が書くに至った動機であったことが思い出されます。「和を以て貴しとす」という言葉が後世においてどのように受け止められてきたか。この美点と弱点を併せもった言葉を生み出した聖徳太子の血塗られた道を思い浮かべたとき、どれほど燃え上がるような識をもってこの言葉が生み出されたかを想像することはもはや出来ないように思われます。

聖徳太子の生きた国際化の波に襲われた時代において、国内の混乱が何によってもたらされたか。亀井勝一郎が空襲のさなか聖徳太子を書き続けたとき、やはり、国際化における混乱の末にもたらされた状況とは。そして、現代におけるグローバリズムと反グローバリズムとの相克。そのようなことを想起しながらこの小説を書いたことが思い出されます。

最後に、十年も前の原稿のことを覚えていただき、再び出版のお声がけをしていただいた文芸社様にお礼申し上げます。

著者プロフィール

伊遠 英一（いとお えいいち）

熊本大学文学部文化史卒業。
熊本大学文学部大学院修了。
半導体装置業者請負企業にて装置設置業務に二年ほど従事。
退社後一年ぐらい無職。
半導体工場の協力企業でオペレーター、メンテナンス作業員として八年ほど従事。
現在、社会保険労務士事務所にて勤務社労士。



**斑鳩の地で** —聖徳太子の思い出

---

2017年12月15日　初版第１刷発行

著　者　伊遠 英一
発行者　瓜谷 綱延
発行所　株式会社文芸社
〒160-0022　東京都新宿区新宿1－10－1
電話　03-5369-3060（代表）
03-5369-2299（販売）

印　刷　株式会社文芸社
製本所　株式会社本村

---





ISBN978-4-286-18716-7